Este libro pertenece a:

....

y me lo ha regalado:

....

el:..................................

Eva Heller

La verdadera historia
de los colores.

Para niños amantes
de la pintura.

Lóguez

Esta obra ha sido publicada con una subvención de la Dirección General del Libro, Archivos y Bibliotecas del Ministerio de Cultura.

Título original: *Die wahre Geschichte von allen Farben*
Für Kinder, die gern malen

Traducción de Eduardo Martínez

© 1994-2006 by Lappan Verlag GmbH, D-26121 Oldenburg, Germany
© para España y el español: Lóguez Ediciones 2006
Ctra. de Madrid, 90. 37900 Santa Marta de Tormes (Salamanca)
www.loguezediciones.com
ISBN: 84-96646-01-7
Depósito Legal: S. 1.150-2006
Impreso en España
Gráficas Varona, S.A.
Polígono "El Montalvo I", parcela 49
37008 Salamanca

Esta es la historia de todos los colores, del Rojo, Azul, Amarillo, Naranja, Verde, Violeta, Blanco, Negro y Marrón.

Cada color es distinto. Algunos están relacionados amistosamente entre sí, otros no se soportan. Si se mezclan, suceden cosas extrañas: desaparecen, nacen nuevos colores.

Tienes que verlo con tus propios ojos: Es como magia.

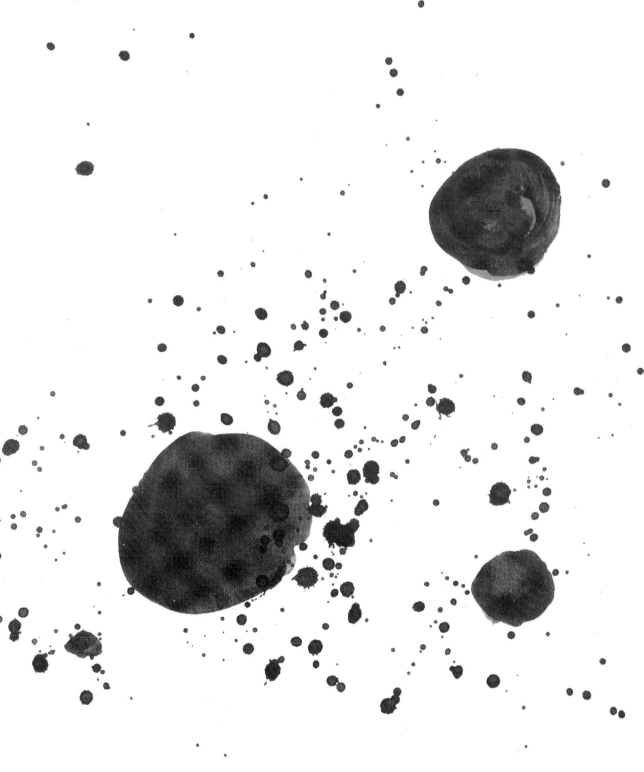

Al principio, fue el Blanco. Pues todo estaba vacío, muy luminoso y limpio porque, claro, era blanco.

Pero, poco después, llegó el Rojo. Lo hizo impetuosamente, pues el Rojo es siempre rápido y redondo como una rueda. Así es de veloz.

"¡Atención, aquí estoy yo!", rugió, porque el Rojo es también siempre ruidoso, por lo menos mientras hay claridad.

"Buenas tardes, me alegro de verte", dijo el Blanco en voz baja.

"¿Hay alguien aquí?", rugió el Rojo.

"Soy yo, el Blanco".

"No te había visto", rugió el Rojo, porque era de la opinión, como tantos otros, de que allí donde hay blanco no hay nada. Esto tiene que ver con lo tremendamente modesto que es el Blanco.

"Espero que te guste estar conmigo", dijo el Blanco, "termino de limpiarlo todo".

"Bueno, para mi gusto, esto tiene un aspecto bastante aburrido", rugió el Rojo. Pero, interiormente, se alegraba de que él brillara tan bonito sobre el Blanco, por lo que añadió condescendiente: "También tiene que haber algunos como tú. Por mí, puedes seguir siendo como eres. Eres *okay*".

"Gracias", dijo el Blanco modesto.

El Rojo saltaba como un salvaje sobre el Blanco.

De pronto, llegó el Azul. Llegó como caído del cielo.
"Quiero descansar un poco", habló y se asentó.
"¿Por qué tú precisamente tienes que descansar?",
rugió el Rojo. "Si tú eres la tranquilidad misma.
Uno se cansa con sólo mirarte".
"Cada cual, según es", dijo el Azul suavemente,
aumentando algo su tamaño.

Y se hizo más y más grande. Así es el Azul.
Cuando comienza a extenderse, ya no para. Es
como el cielo: De pronto, aparece el Azul y entonces está por todas partes. Sencillamente, infinito.

"¡No te hinches así!", rugió el Rojo. Corría alrededor del Azul e intentaba limitarlo. Pero no había forma de atraparlo, como si fuera aire. "¡No te hagas tan ancho! ¡Y tampoco tan alto!".

"De ninguna forma, quiero pelearme contigo", dijo el Azul. "Yo estaré únicamente allí donde tú no estés".

Y así sucedió: Cuando aparecía el Rojo, el Azul le hacía sitio. Ciertamente, el Azul era pacífico.

Aun así, esto no le gustaba al Rojo. Opinaba que, sobre el Azul, él no brillaba como sobre el Blanco. Furioso, el Rojo rodó fuera del Azul e intentó pensar cómo podría conseguir más espacio.

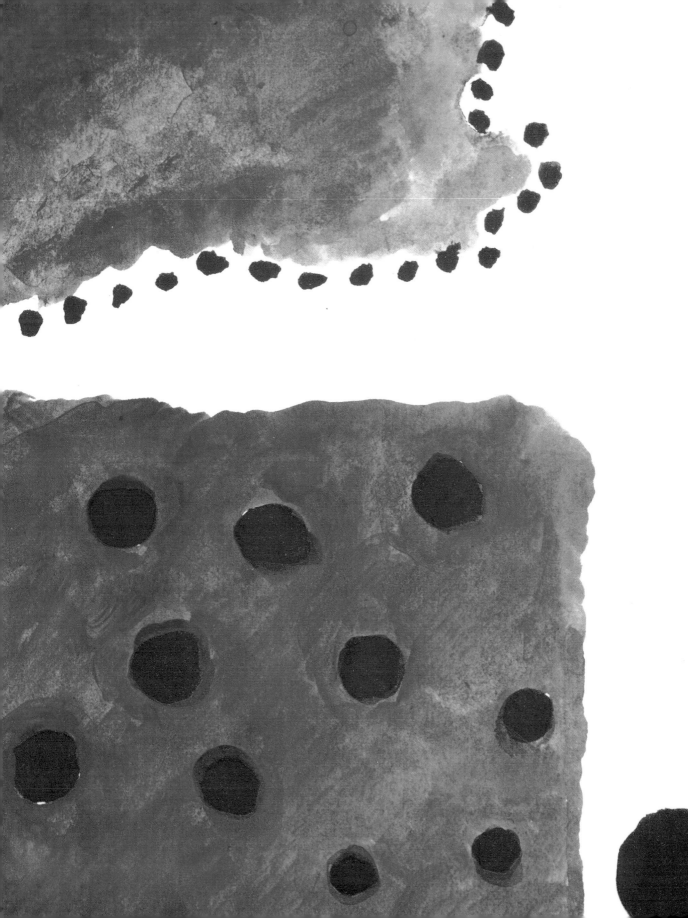

Todavía no se le había ocurrido nada cuando llegó corriendo el Amarillo. El Amarillo no era especialmente grande, pero era punzante.

"¡Aquí ya no ha sitio para ti!", rugió el Rojo como saludo.

"No me digas", dijo el Amarillo punzante. "¿Quieres que te diga un secreto?". Al Amarillo le gusta airear secretos, algo que tiene que ver con ser tan claro y luminoso. El Amarillo no puede ocultarse.

"No me interesa tu secreto", rugió el Rojo, "bueno, no especialmente".

"Aun así, te lo voy a contar porque eres tú", dijo el Amarillo. "Escucha: Para mí, hay sitio en todas partes. Ése es mi secreto". Y pinchó en el Rojo.

"¡Ay!", rugió el Rojo.

El Amarillo pinchó al Rojo por todas partes, mientras reprimía la risa: "Ji, ji, ji".

"¡Ay, ay, ay!", rugía el Rojo.

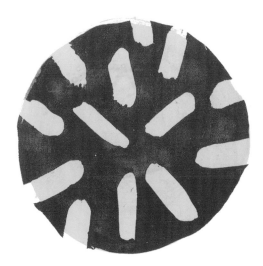

"Al que no me hace sitio, lo impregno. Así es como yo lo hago". El Amarillo contuvo la risa e impregnó al Rojo como si fueran rayos del Sol. El Rojo se volvió completamente amarillento.

"Y ahora", el Amarillo seguía conteniendo la risa, "ahora me voy a mezclar contigo". Y se removió en el Rojo hasta que su aspecto fue Naranja.

Cuando el Rojo fue completamente Naranja, explotó.

El Naranja era aún más ruidoso que el Rojo y cantó vociferando:

"¡Para todos es evidente:
Naranja es excelente!".

Se rió horriblemente y él mismo se aplaudió.
"Un poco de tranquilidad, por favor", le dijo el Azul al Naranja. "¿Es que no quieres comportarte como un color sensato?".
El Naranja no pensaba hacerlo. No le apetecía. Gritó: "¡Yuju!" y relampagueó en todas las direcciones. Podía poner nervioso a cualquiera.

El Azul suspiró. No le gustaba el Naranja, lo que no era nada del otro mundo, ya que uno no puede imaginarse colores más opuestos que el Azul y el Naranja.

El Amarillo sintió envidia, porque todos se fija-
ban en el Naranja, y se retiró. Con lo que, de
nuevo, apareció el Rojo.

"Ahora, para cambiar, impregnaré al Azul", dijo
el Amarillo, que siempre tenía que repartir algún
puntillazo. Pinchó en el Azul, lo impregnó y
después se mezcló con él.

Del Azul y del Amarillo, apareció el Verde.
Increíble, pero cierto.

Allí estaba el Verde, cómodo y firme, bajo el Azul, como si fuera a quedarse allí toda la eternidad. "Un lugar seguro, éste", dijo el Verde satisfecho. "No necesito más. Lo importante es estar sano". Y sano sí que estaba el jugoso Verde.
El Rojo rió malicioso: "¡Ahora Azul tiene que compartir el sitio con Verde!".
"El Verde no me quita nada", dijo el Azul. "Todo lo contrario, Verde forma parte de mí, me añade algo".

Efectivamente, el Azul se había vuelto de nuevo un poco más grande.
"Entonces, ahora te impregnaré", rugió el Rojo y se lanzó hacia el Azul tan velozmente que el Azul no pudo esquivarlo…

El Azul todavía dijo: "No tan impetuoso, que puedes ponerme un ojo color violeta". Pero ya había sucedido…

¡El Rojo perdió su color en el momento en el que se sumergió en el Azul!
 "¿Qué sucede ahora?", rugió el Rojo asustado.
"Pensé que tú lo sabías", dijo el Azul. "Cuando Rojo y Azul se mezclan, el resultado es Violeta. Y, por cierto", añadió frío, "también el Violeta es una parte de mí".
"Eso es lo que tú quisieras", rugió el Rojo y, como es el más fuerte de los colores, consiguió soltarse.

Únicamente, quedó un trozo de Violeta en el Azul.

"Ahí queda todavía un trozo de mí", rugió el Rojo cuando vio al Violeta. "Es un trozo de mí, lo sé perfectamente, llegó ahí dentro conmigo. ¡Que salga inmediatamente!".

El Violeta dudaba.

"Deja que él decida si quiere pertenecer a ti o a mí", dijo el Azul. Le dio un suave empujón al Violeta, sacándole del Azul, que fue a caer directamente delante del Rojo.

"Bien, ¿qué eres? ¿Rojo o qué?", le rugió el Rojo al Violeta.

Indeciso, el Violeta se balanceaba de un lado a otro.

"En ocasiones, soy Azul", dijo el Violeta, que enrojeció. Después, pensó de nuevo largamente. "Yo creo que no soy ni Rojo ni Azul, soy distinto. Yo soy Violeta".

"En ningún caso", se entrometió el Amarillo, "ese color forma parte de mí". "Un color limpio no debería relacionarse con semejantes colores, lo único que consigue es ensuciarse. Especialmente, cuando se es tan sensible como yo".

El Violeta callaba. Al contrario que el Amarillo, el Violeta puede guardar sus pensamientos. Es, incluso, el color más misterioso de todos. (El secreto del Violeta se revelará en la última página). Y al Violeta, el Amarillo le resultaba demasiado claro, demasiado estridente y no le gustaban sus risitas. Pero el Violeta no lo dijo. No era su forma de ser. Únicamente, se balanceaba en silencio de un lado a otro.

Cuando el Naranja reapareció con su penetrante "¡Aquí estoy!", señaló hacia el Violeta gritando:

"¡La modestia es tu enseña,
pero llego yo más lejos sin ella!".

…fue demasiado para el Rojo. "¡Entonces, me cojo un trozo de Verde!", rugió.

Y el Rojo se precipitó hacia el Verde, que se encontraba totalmente tranquilo, arrancó un gran trozo, le exprimió todo el zumo y se lo tragó…

…y, en su rabia, no se dio cuenta de la transformación que tenía lugar. Sí, era tan extraño que no se puede creer si no se ve con los propios ojos: El brillante Rojo y el jugoso Verde se transformaron en Marrón.

Apagado, turbio Marrón.

El Naranja, que había animado entusiasmado al Rojo, no pudo contenerse más. Con el estridente grito:

"¡Yuju, tu milagro azul
 lo vives tuuú!",

se arrojó en el Azul.

¿Y qué sucedió?

¡Allí, donde el Naranja se mezclaba con el Azul, también se volvía Marrón!

La batalla de los colores se volvió aún más terrible cuando el Amarillo se precipitó en el Violeta. Y del Amarillo y del Violeta salió…

…¡también Marrón!

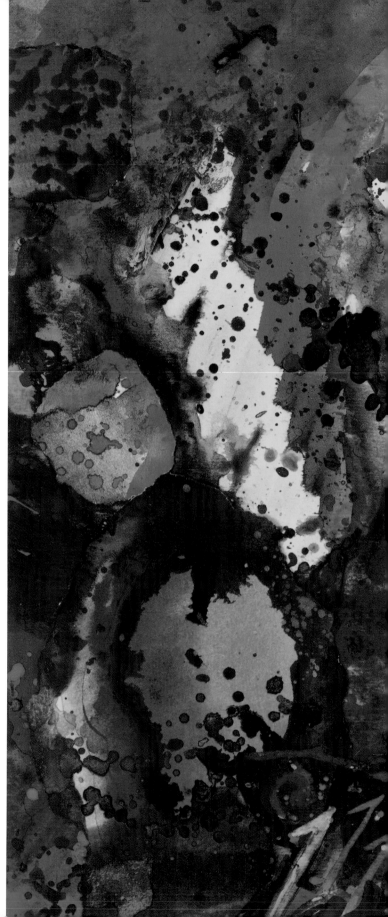

Cuanto más duraba la batalla de
los colores, más oscuro se volvía todo.
El Marrón se convirtió
en Marrón Oscuro,
Gris Oscuro,
Gris Marrón Oscuro,
Negro.

El Rojo, que apenas brillaba ya, únicamente pudo susurrar: "Veo todo negro".

"¡Socorro, que desaparezco!", se lamentaba el Amarillo. Efectivamente, ya casi había desaparecido. "Socorro, ¿quién puede ayudarme?".

Incluso el Azul, con su sabiduría, ya no sabía qué hacer. "¿Puede socorrernos alguien?", exclamó desde la oscuridad.

De pronto se escuchó un "blup-blup". No muy alto, más bien amortiguado, como cuando se echa nata montada en un plato.

"¿Me habéis llamado?", dijo el Blanco.
"Aquí estoy".

Agotados, los restos de los colores se arrastraron fuera del tenebroso caldo.

"¡Ah, Blanco! ¡Qué bien que estés aquí!", dijo el Azul y comenzó a extenderse.

El Rojo corrió inmediatamente de nuevo alrededor.

El Amarillo atravesó todo el círculo.

"¡Alto!", exclamó el Blanco. "Tenéis que dejaros sitio unos a otros, porque, de lo contrario, desapareceréis de nuevo".

"Yo llegué el primero", rugió el Rojo. "¡Los demás deben desaparecer!".

"No", dijo el Blanco, "cada color es bello en sí mismo y es, en sí mismo, importante. Por eso, ahora vamos a formar un círculo de colores, de manera que cada color tenga su sitio".

Contó los colores. Eran seis.

Por eso el Blanco se dividió en seis trozos, todos del mismo tamaño. Lo que era muy justo.

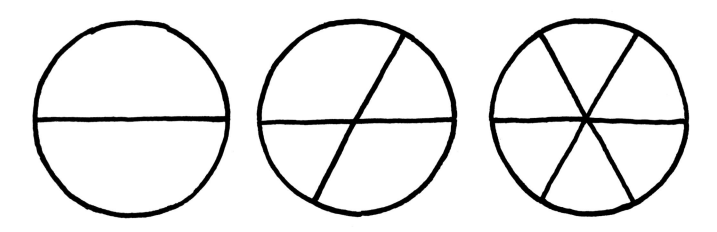

"Y entre los colores básicos: Rojo, Amarillo y Azul, estarán colocados los colores mezcla: Naranja, Verde y Violeta, con el fin de que todos vean inmediatamente cómo se forman estos colores. Y los colores de los que se forma el Marrón, cuando se les mezcla entre sí, deben situarse lo más lejos posible unos de otros porque, de lo contrario, habrá de nuevo malestar".

"Una solución muy armoniosa", dijo el Azul.

"Ciertamente, sabia".

"Yo no lo entiendo", rugió el Rojo.

"Yo no me dejo arrinconar", vociferó el Naranja.

"¡Yo quiero en el centro!".

"Entonces, te volverás de nuevo Marrón e incluso, finalmente, Negro", dijo el Blanco.

Con lo que hubo paz.

"Y ahora a vuestros sitios", dijo el Blanco. "El Rojo debe estar arriba".
"Muy bien, correcto", rugió el Rojo y ocupó el trozo arriba del todo.

"Y a la izquierda del Rojo, se encuentra el Violeta y, a la derecha, el Naranja".

"¿Por qué?", protestó el Naranja, sólo para darse importancia.

"Porque tú sin mí no serías nada; lo más, amarillo", dijo el Rojo presumiendo. Como quiera que él estaba arriba en el círculo, se sentía como el rey de todos los colores.

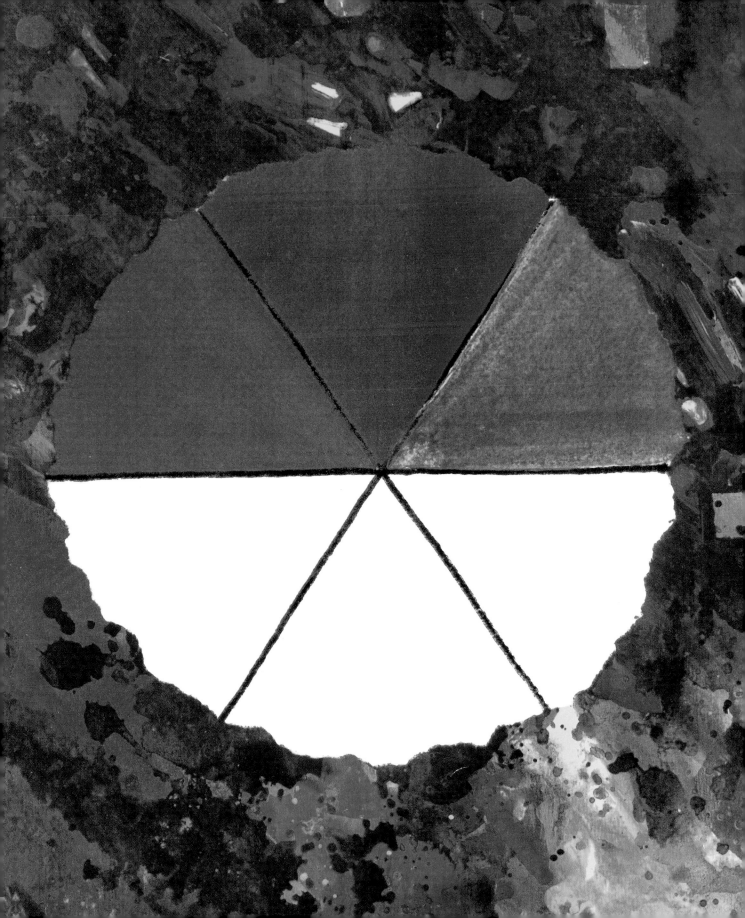

El Azul se colocó, sin que nadie se lo dijera, junto al Violeta, sabía sobradamente dónde se encontraba su sitio. Estaba enfrente del Naranja y únicamente se rozaba con el Naranja a través de un punto en el centro, prácticamente nada.

Junto al Naranja, se colocó el Amarillo. No le costó ningún esfuerzo ponerse en su sitio. "Me queda como hecho a la medida", dijo.

"¿Estoy en lo cierto y mi sitio es enfrente del Rojo?", preguntó el Verde, que quería estar seguro.

Aquella era una pregunta ciertamente innecesaria, pues no quedaba ningún otro sitio libre. Y ése era el lugar del Verde: Entre el Azul y el Amarillo y enfrente del Rojo.

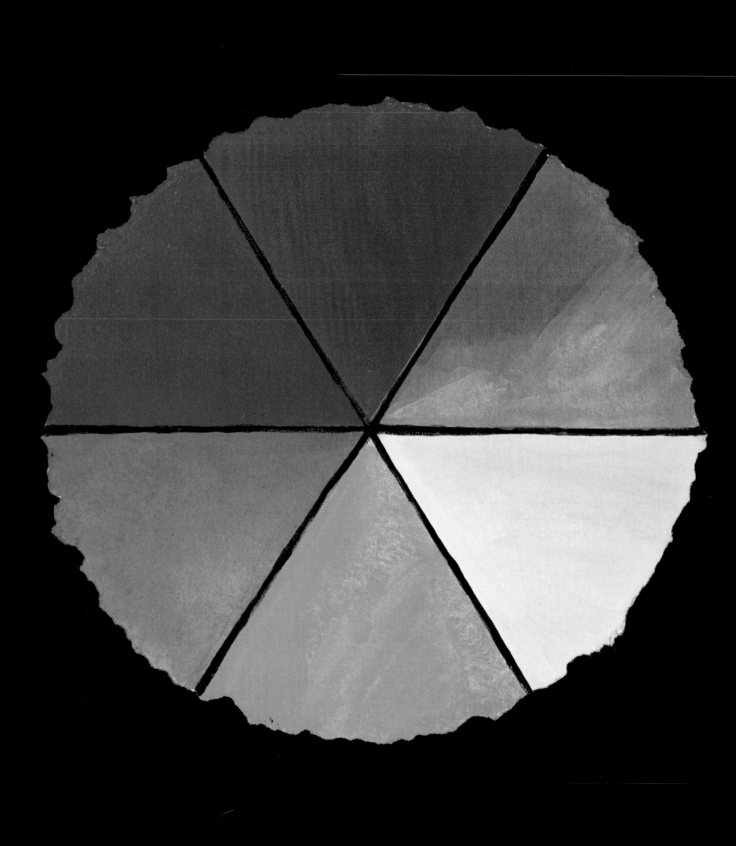

"Así, pues, cada color tiene el mejor sitio",
dijo el Blanco.

Y, con ello, desapareció de nuevo.

FIN

Anotaciones:

El secreto del círculo de colores

El que conoce el círculo de colores sabe siempre exactamente cómo se mezclan los colores. Todo pintor puede pintar en un abrir y cerrar de ojos ese círculo.

Únicamente se dan opiniones divergentes ante la pregunta: "¿Qué color debe estar arriba?". Algunos contestan: "El amarillo, porque es el más claro de todos los colores". Es cierto. Pero Johann Wolfgang von Goethe opinó, en su enseñanza de los colores, que el rojo debe estar arriba, porque el rojo es el rey de todos los colores. Y eso también es cierto.
En el círculo de colores, un color mezcla se encuentra siempre enfrente de un color natural. Los colores, pues, que se encuentran uno frente a otro son: rojo y verde, amarillo y violeta, azul y naranja. Los pintores denominan a esas parejas de colores "Colores complementarios". Son los colores más contrapuestos. Ya que si se mezclan dos colores que están uno frente a otro, desparecen completamente y aparece el marrón. Si se mezcla más tiempo, incluso se vuelve negro.

Colores y sus características

Especialmente, los modernos pintores abstractos han pensado mucho sobre qué forma es típica para cada color y qué características le corresponden a cada color. Quien quiera saber más al respecto, puede consultar la literatura especializada.

El secreto del Violeta

Para poder mezclar el violeta, se necesita un rojo muy específico. Ese rojo se llama "magenta", es el rojo puro. Curiosamente, el rojo puro tiene un aspecto bastante azulado, como en el primer círculo de abajo. Solamente el rojo magenta mezclado con el azul da el violeta. Si se coge el rojo bermellón brillante para mezclar, el resultado es el marrón.

¿Por qué? Porque en el rojo brillante hay ya algo de amarillo. Sucede que el rojo brillante es una mezcla de rojo magenta y amarillo, como se ve en el último par de círculos. Y, ahí, nuevamente se comprueba que el Amarillo se encuentra incluso donde no se le ve. Se entromete en todas partes.